¿A quién se le escribe la carta de Navidad?.
Alvaro (Nacho) Palacios , Leonardo (Leo) Nieves

1era edición. Noviembre 2015

Printed by CreateSpace

©Alvaro Ignacio Palacios Arias
©Leonardo Roseliano Nieves Sillié

©2015 Meollo Comics C.A.
Caracas, Venezuela.
www.meollocriollo.com
www.lacartadenavidad.com

Diseño gráfico e ilustración: Leo Nieves
Corrección de Textos: Rubén Puente

¿A quién se le escribe la carta de Navidad?

Un cuento de Nacho Palacios
ilustrado por Leo Nieves

"No dejamos de jugar porque envejecemos;
envejecemos porque dejamos de jugar."

– George Bernard Shaw

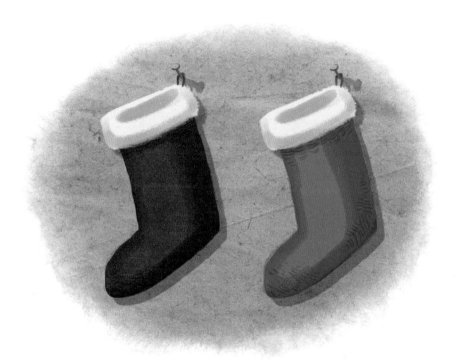

¿Santa o el Niño Jesús?
¡Qué gran duda la verdad!
¿A quién se le escribe entonces
la carta de Navidad?

Andrés dice que es Santa
quien vuela como torbellino,
directo del Polo Norte
a dejar juguetes en el pino.

Según Clarisa es el Niño
el que viaja con el viento,
para traer los regalos
que pone en el nacimiento.

Hay canciones para el Niño
y también las hay de Santa.
¿Cómo elegir solo algunas?
¡ Si es que todas nos encantan !

Santa Claus llegó a la Ciudad...
Niño Lindo, ante ti me rindo
Niño Lindo, eres tú mi Dios

Para aclarar la confusión
fueron con papá y mamá,
pero rápido entendieron
que no sabían mucho más.

¡ Quién se iba a imaginar
que la respuesta que buscaban
les llegaría esa noche
mientras los dos soñaban !

Mucha gente se pregunta
¿cómo un trineo alza vuelo?
Es porque además de Santa
¡va un pasajero del Cielo!

Otra gran interrogante
¿cómo Santa entra a la casa?
Eso es porque hay rincones
¡donde solo un niño pasa!

Hay algo que nadie entiende
¿cómo cargan tanta cosa?
¡Ah! Es porque Santa tiene
¡una bolsa milagrosa!

Y lo que todos se cuestionan
¿cómo viajan tanto en horas?
Es que para ellos siempre
¡el tiempo es aquí y ahora!

Ellos dos no compiten
porque no son rivales,
sino que forman un equipo
¡ con poderes especiales !

Apenas saludó el sol
se despertaron risueños.
¿sería verdad lo que vieron
o solo había sido un sueño?

Se quedaron asombrados
al ver algo muy bonito.
Había una estrella nueva
¡ coronando el arbolito !

Más allá de los regalos,
del pesebre y el pino,
lo mejor de la Navidad
¡es la llegada del Niño!

Contentos con la respuesta
tan clara como la luz
¿a quién se le escribe la carta?
¡ a Santa y al Niño Jesús !

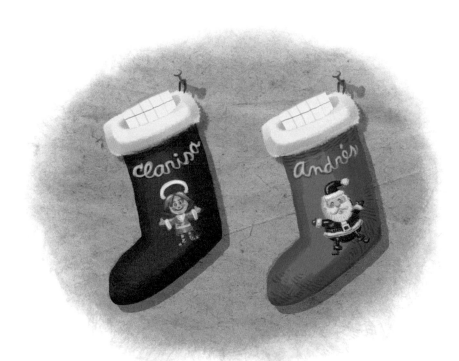

Queridos Santa

y Niño Jesús:

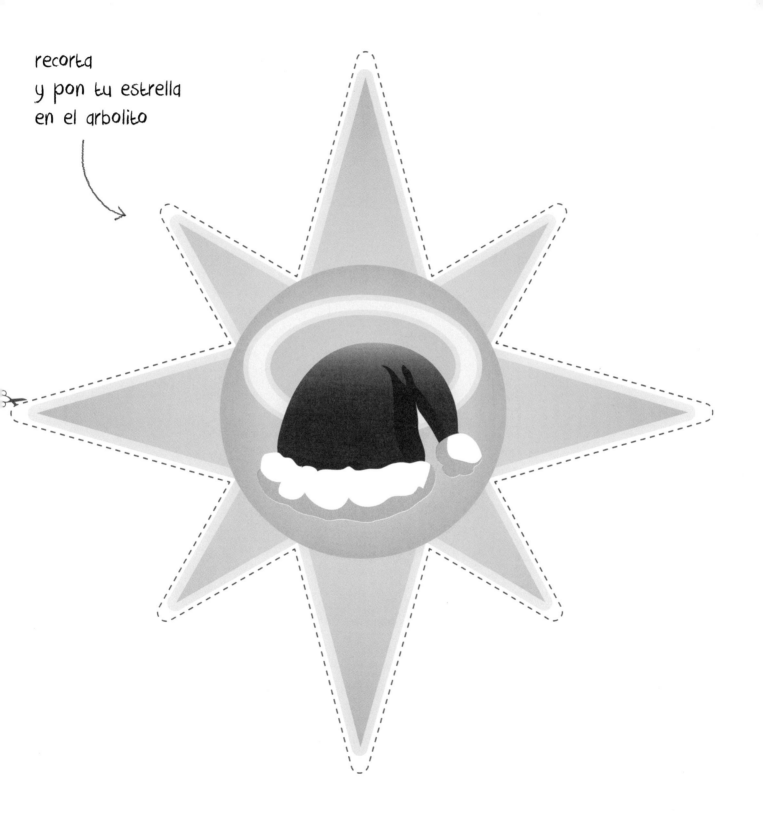

recorta
y pon tu estrella
en el arbolito

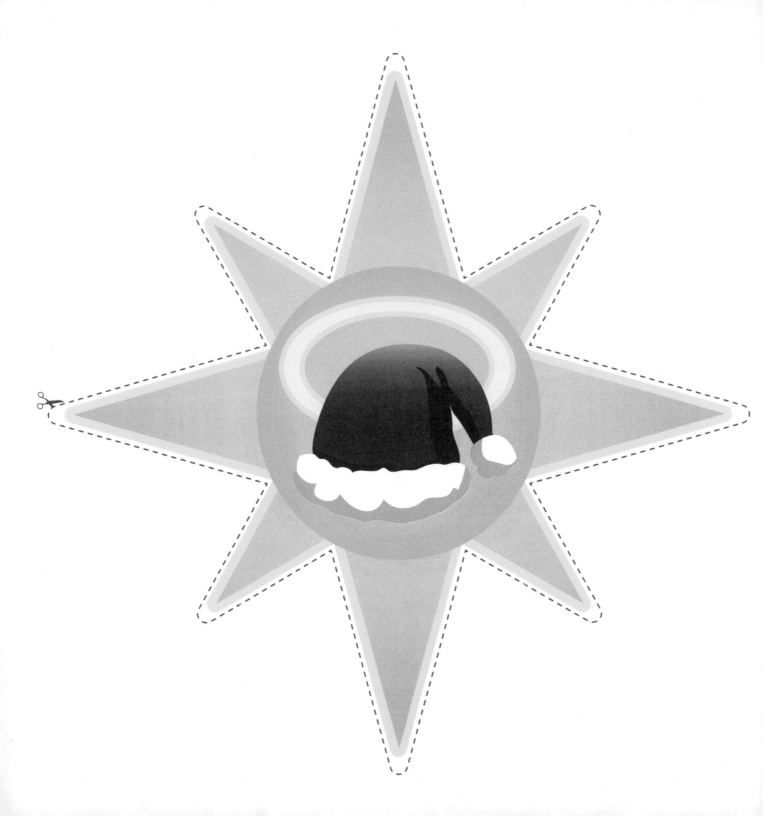

Le queremos agradecer a nuestros padres, en primer lugar, por habernos regalado unas navidades mágicas a cada uno de nosotros durante nuestra infancia. Y en segundo lugar, por nunca habernos contestado con claridad "¿A quién se le escribe la Carta de Navidad?", lo que originó que no estuviéramos preparados para cuando nuestros hijos nos lo preguntaron recientemente. De esa necesidad surgió este cuento.

Por supuesto, queremos agradecer a nuestra esposas, Carla y Sylvia, sin cuya ayuda no hubiéramos podido tener este cuento hoy. No solo por su apoyo sino porque sin ellas naturalmente no existieran nuestros hijos, Alesia, Clarisa, José Leonardo y Andrés.

Adicionalmente le damos las gracias a nuestra queridísima "Rana Encantada", Linsabel Noguera, quien fue nuestra asesora secreta; a nuestra editora de Ediciones B, Beatriz Rozados; y a todos los que nos dieron valiosos consejos en esta aventura, Álvaro Palacios Ruiz, Keke Palacios, Alfonso Porras y Daniel Bastidas.

Todos ellos están incluidos en nuestra Carta de Navidad y esperamos que Santa y el Niño Jesús les traiga mucha salud y prosperidad.

Nacho y Leo.

Queridos Santa y Niño Jesús:

Tenía tiempo sin enviarles mi carta de Navidad. Disculpen pero esto de ser adulto hace que a uno se le olviden muchas de las cosas importantes de la vida.

Por si ya no me tienen en sus archivos, les recuerdo que mi nombre es Álvaro Ignacio Palacios Arias, pero todos me conocen como Nacho.
Nací en Caracas, Venezuela, en 1976, y aquí sigo viviendo feliz
Desde pequeño me ha gustado crear, inventar y escribir, y por eso estudié en la Universidad Católica Andrés Bello para ser comunicador social.

En el 2002 me casé con Carla, el amor de mi vida (¡gracias por esa bendición!), y ahora tenemos dos hijas preciosas, Alesia y Clarisa, cuyas cartas ya les deben haber llegado. De sus preguntas incansables sobre Ustedes dos, me vino la idea de escribir esta historia. Clarisa, por cierto, ¡es la niña que aparece dibujada en el cuento!

En estas Navidades no quiero que me traigan nada porque en todos estos años ya me han regalado demasiadas alegrías. Pero sí les quiero pedir que a mi país le traigan mucha unión y prosperidad.

NACHO

Queridos Santa y Niño Jesús:

Generalmente dibujaba lo que quería en Navidad, pero esta vez decidí escribirles una carta.

¿Se acuerdan de mí? Soy Leonardo Roseliano Nieves Sillié, pero me dicen Leo. Nací en Caracas, Venezuela, en 1974, (pero por mucho tiempo me llevaron los regalos a Carora) y buscando seguir dibujando como lo hacía desde chamo, estudié ilustración en el Instituto de Diseño de Caracas.

Desde que me casé con mi bella esposa Sylvia y con la llegada de mis dos hijos, José Leonardo y Andrés Enrique (¡Es el niño de este cuento!) mi vida esta bastante completa y no he necesitado otros regalos.

Quiero que en Navidad traigan esperanza a los pesimistas, salud a los pacientes y paz a todos los venezolanos de bien.

92851430R00027